청어詩人選 464

이 만 큼 행 복 한 날 의 풍 경

옥 명 선 시 집

청어

자서

산봉우리마다 하얀 구름 머리에 인 날
구름 에워싼 궁전은 푸른 구슬 영롱하게
바다를 이루었다.
사는 것은 날마다가 좋은 것이었음을.

학업을 중단해야 했던 열여섯, 여름에도 창문 열지 못
하고 선풍기 틀지 못했던 공장에서 돈을 받으면 높은 곳
에 올려두고 그냥 바라만 보고 싶었다.

'이만큼 행복한 날의 풍경' 내 삶의 일기인 책을 받아
그대로 쌓아둘지, 하루 만에 다 없어졌던 월급처럼 망설
이다 내놓게 될지 알 수 없지만 괜찮은 삶을 살게 해주셨
던 하나님, 늘 곁에서 힘이 되어주셨던 엄마 오빠 동생들
가족, 순창 가족들 고맙습니다.

시적 사유가 익으면 어느 날 시가 온다 말씀해주셨던
구석본 교수님, 이해리 교수님, 김태수 교수님, 김수상 교
수님 감사드립니다. 시는 잘 쓰지 않았지만 강의를 듣는
그 시간과 그 분위기를 사랑해서 행복했습니다.

삶의 곳곳에서 함께해 주셨던 문우님들. 나들이로 함께

해 주었던 친구님들. 수영과 파크골프로 신선놀음을 하게 해 준 친구 진숙. 작은도서관에서 함께한 최정애 관장님, 김미숙 관장님 감사합니다.

오십 살 넘어 배우면서 시작한 홀로 열정 넘쳤던 수업에서 "식사는 하고 오셨나요?" 물어봐 주는 마음 예쁜 아이들. 때론 교실을 뛰어다녀 진땀 빼게 했지만 함께해 줘서 고마워요. "수업하시는 모습이 멋져 보여요." "좋은 목소리는 어떻게 내나요?" 말해줘서 그나마 용기를 내 지금까지 왔어요.

엄마의 삶이 기록된 책이 나오게 됐네요. 응원하는 두 아들 가족. 그리고 배우는 것이 좋아 사는 내내 배움터를 돌고 돌았던 아내를 묵묵히 지켜봐 준 남편께 첫 시집을 바칩니다.
그 배움터(검정고시반, 학점제 대학, 자격증반, 구상문학관)를 만들어 하고 싶은 일을 할 수 있게 해준 칠곡군청 분들께도 감사드립니다.

정호승 시인의 「산산조각」을 읽으며 산산조각으로나마 살 수 있었으며, 도종환 시인의 「흔들리며 피는 꽃」을 낭송하며 허리를 곧게 세운 날 많았습니다.

뜨거운 삶의 열정과 쓸쓸함을 사랑하며 제 시를 읽어주실 분들의 행복을 기원합니다.

차례

2부

3부

4부

1부

미역국을 끓였다
팥을 삶아 찰밥을 했다
낳아주셔서 감사합니다
이 말을 하려고
육십 년을 걸어왔다

빗방울 의자

무섭게 퍼부어 내린 비를
잎새들이 떠받치고 있다
여린 거미줄도 비를 매달고 있다
연약한 것은 의자가 되어주지
못한다고 생각했다
그러나 정작 비를 매달고 있는 것은
여리고 약한 것들이다
나는 아들에게 든든한 의자가 되어주지 못했다
한 칸의 방도 없이
서울 하늘 아래 어떻게 뿌리 내릴지
나는 근심이 크단다
하지만 아들아,
빗방울의 의자가 되어 하늘을 떠받치고 있는
잎새들과 거미줄을 보아라
약한 것들의 무수한 의자들을 보아라
처음은 다 연약했다고

시, 서라벌을 담다

당신께 보여주려고 사진을 찍습니다
연보라 물빛 하늘 그 모습이 당신입니다

천년을 빛낸 미소 당신

가슴 속 연정을 보이면
그 몸 받아 펼쳐내는 몸짓이 또 하나의 당신이 됩니다
고요히 머물고 있는 당신께 스며듭니다

불국사 앞에서 환하게 웃으면
햇살로 눈부신 당신 목소리
석가탑 언저리 빨갛게 물들면
바람 소리로 들썩이던 당신 어깨춤

발길 닿는 곳곳에서 나부끼는 당신은
서라벌 천년을
수놓습니다

다함 없는 언어로 당신을 걸어봅니다

감성로봇

마음의 음률 따라
몸 흔들어 보는 밤이면
아침은 쉬이 오지 않았다

껌벅거리며 몸 뒤척이다
물 한 잔 따라 목 축이며
창밖 소리에 귀 기울인다

살아있다며 내는 냉장고의 웅웅거림이
어느 층에선가의 기척보다
살갑게 느껴지고
잠시 살아있는 나인가 물어보면
목에서 다리에서
찌뿌둥 기우뚱한 소리가 난다

살아 있어 온기 나는 모텔, 유통들의

　　활자를 움켜쥔 바깥 풍경들이 어느 골짜기로 둥둥
떠가면

　　잠의 세계로 빠져들지 못하는

　　몸, 어둠의 골짜기를 넘지 못한다

　　아~ 나는 감성로봇이로다

가을 길목

빨래를 두 번 돌리며 가을을 삶고 있다

어제 걸었던 수태골의 오르막도
지난주 걸었던 울산 대왕암도 다 기억 속에만
남았다

햇살과 바람과 잎새들의 흐느낌 속에
물아일체 되어
따스히 손잡던 마음도
열린 주머니 채워주고 싶은 마음도
돌면서 뽀얗게 바래간다

가을날 말테의 수기를 읽으니
삶은 더더욱 높아지고
높아진 만큼 되돌아오는 정신적 허기
채울 수 있을까

빨간 사과 닦으며 가을 길목에 서 있던
엄마의 모습 세탁기 너머에 있다

가을 하늘에 번지던
"사과 사세요"
그 목소리 지금도 뿌연
그리움으로 남아 있다

엄마!

강이 말한다

섬진강가에 사는 시인의 글은
너무 맑아 현실을 모르는 것 같아
열세 살의 아이가 말한다

밥을 짓고
옷을 짓고
집을 짓고
소중한 것은 짓는 것이다
광고가 말한다

벽화로 그려진 흑백사진 속의
낙동강은 웃음을 지우고
햇살 반짝거리는 강물은
슬픔을 그렇게 지우고
사는 것이라
말한다

세찬 강바람에 펄럭이는
다리 난간 위 깃발처럼
살던 사람들, 비린내 나는 삶이었다
적다가 스스로를 지우며
말한다. 새 희망을

평화의 꽃

명절이면
큰집 작은집 모두 모여
윷놀이 한판 벌입니다

손주를 본 큰아들 가족과
일곱 살 막내까지
육 남매를 둔
작은아들 가족
모두 모여
윷놀이 한판 펼칩니다

앞일은 하나님께 맡기고

"윷이야"

던지면 윷가락 따라 한바탕
웃음꽃 핍니다

봄바람에 벙글어지는
초록 잎새를 내밀며 내밀며
가족을 감싸 안으시는
어머니

그분이 계셔
모이고 또 모여
이 세상 제일 큰
웃음꽃이 핍니다

조국

너를 사랑하는 것 이외에는
아무것도
아무것도
아닌 날들이 있었다

사랑이라는 것이
노력으로 되지
않는다는 것을
아는 데에도
많은 시간이 필요했다

오고 가지 않는다 해서
다 사라지는 것은 아니다

그렇게 가슴에 남아서 함께 있는 것이다

풍요

오래되지 않은 아파트 하얀 철조망 옆
속 붉은 브래지어 널브러져 있다

키 낮은 산수유 내려다보며
빨갛게 맞장구친다

몸에 걸쳐지든가
입으로 들어가든가
그게 뭐 대수냐고
파란 햇살 아래
조롱조롱 풍경으로 빛나고 있다

이만큼 행복한 날 어디 있냐고

어울림

사람과 차가 드나드는
마트 앞 작은 정원에
백일홍 나무
나불나불 꽃 피웠다

아래 있는 소나무
붉은 면사포 쓰고
환하게 웃고 있다

직모를 가지고
일상이 단조롭던
녀석

꽃각시 데불고 사근사근
곱다

가을엔

성당 앞 골목 첫째 집
감나무
유난히 붉은 잎 하나
매달고 있다

같은 말씀 듣고서도
얼룩덜룩 살아온 내게
한 말씀 하신다

스팸메일도 한 글자 한 글자 말씀으로 다가오던 때,
코끝을 쥐어도 끈적거리며 흘러내리던 그것 지우
지 못한

얼룩덜룩한 벽보 너머
보이던 뼛속 깊이도
밤마다 추었던
춤의 날개도
더 이상 매달 수 없어
툭 놓는다

이 가을엔

교육의 힘은 부재중

상견례 자리 가기 전
걱정 많은 아들

"엄마, 상견례 자리는 상대방 칭찬을 하는 자리예요"

어려운 칭찬 자리 무사히 넘기니
사부인과 손잡고 걸어가는 행진 자리

"우리 사위가 참 잘 생겼어요"
"오늘 우리 아들이 더 멋져 보이네요"
맞장구치고

며느리가 앞에, 아들이 뒤에 찍힌
카톡방 사진 확대하여
"둘이 잘 어울려 보여요"
보내면
"참 예쁘네요 우리 사위" 하신다

"우리 아들 잘 나온 사진을 골랐지요" 하니

하하하 웃음에
안녕히 주무세요 한다

평화를 열다

여든셋의 할머니 팔 베고
일곱 살 손자가 곤히 잔다

할머니 주름 곱게 펴려는 듯
앞에 누운 손자의 얼굴
모판처럼 반듯하다

봄날이면 묵은 잎 사이로
연초록 잎새들 그득해지는데

골골이 패인 할머니 주름살 사이로
모락모락 손자 사랑 피어난다

손자는 할머니 곁에서 흙 밟는다고
할머닌 손자 옆에서 흙 덮는다고
하루 수고했다고 꿈결로 다독인다

나비 퍼즐

날개 두 개를 끼워 맞춰야
날 수 있다

장애인 등급을 받는 날
끼워 맞추지 못 한 날개는
3급 장애자로 찍혀 떨어진다

장가보내달라며 떼를 쓰다
나이 많은 누나를 예쁘다며 만진다

필리핀 먼 곳까지 날아가 웃음으로 맞이한
신부의 유통기한은 두 달 반이었다

동생의 퍼즐 한 조각이 날고 있다
한국 신랑을 찾습니다

허공을 날아올라 퍼즐을 끼우면
날개를 접을 수 있을까

입양전야

가냘픈 몸 하나 두려고
대한민국에서 베트남으로
베트남 이모 집에서 다시 한국으로
돌아왔다

살던 곳 돌아와서도
아빠집에서 유치원으로
유치원에서 고모집으로
발버둥 치며 오간다

바깥바람 맞지 못한 일요일
손 잡아끌며 나온 놀이터에서
쿵쾅이며 시소를 구르다가
마음 약한 고모를 죽기 살기로 붙들어
3주공에서 2주공으로 돌아온다

책장 문 열고 갇혀 있는
책을 탈출시키는가
물티슈를 해방시키는가
산혀 있는 것들을
빼놓다가 가끔씩 손 끌어
가슴에 둔다

네 몸 하나 부릴 수 없는 이 좁은 땅
넓은 엄마 품 찾아서 쪽쪽 손 빨며
입양통지서 기다린다

이별하기

매번 그랬다
나들이하는가 옷 챙겨 입고
콧노래 부르다가

저만큼 노란색 차 보이면
가지 않겠다 눈으로 말하다가
골목으로 달아나다
뒤로 뻗대다가
차에 오르면
이내
손 흔든다

바지 입지 않으려고
가방 메지 않으려고
가는 길 피하려다
손 건네주면
이내 잠잠하다

고모집으로 돌아오다
아빠집으로 돌아가다
그렇게 다른 집으로
가는 길이겠지

우리 가는 길은

선운사 가는 길

선운사 가로수길 걸어간다네
푸른 잎, 잎새들
손 맞잡으면 그림자
아롱아롱 햇살에 반짝인다

팔백여 빛깔 잎새 하나에
스며있다

기쁨 한 자락
슬픔 한 자락
후회 한 자락 덜어내면
제 빛깔은 갈빛이거나
잿빛이거나 노랑 빨강이거나

흔들리는 그림자 사이
보석으로 빛난다

오월

한순간 고요가 밀려와 멈칫거릴 때가
있다

그림자 없는 정오를 향해
소리 죽이던 아침 녘 강물처럼

앞다투어 술렁이던 붉은 꽃들 피었다
툭툭 떨어지고

일시에 파란을 일으키며
상처로 운 자신을 알리는 교집합의 순간들

한순간
잎새 잎새들
철렁거리며 낯익은 거리로
내려서던 시간이 있었다

오월은

내 얼굴이 붉다

아파트 현관 앞 단풍나무가 붉다
하늘을 바라보고 떼를 쓴 듯 가지 끝에서 붉다
보이지 않는 손이 만든 붉은 빛깔이다

오십 년 일했으니 이제 먹여 살려 줘
두 팔 가득 내일을 팔던 보험 가방을 내려놓았다
생활에 총대 메고 살았던 붉은 일상이
아파트 그늘에 가려 말라갔다
먼지 쌓인 임대 아파트 고지서
의료보험 독촉장, 붉으락푸르락 핏대가 섰다

입만 들고 간 모임 자리 돌아 나올 때마다 머리 뒤꼭지
눈부시더니
발버둥 치던 아파트 난간 앞 붉은 치마 입고 날린다
글쓰기 지도, 독서 수강생 모집
임대 아파트에 걸린 내 얼굴이 붉다

서랍 속 루주 빛깔

현관 앞, 붙박이 거울에 붙은 서랍이 내 화장대다
그 서랍 열면 뚜껑 없는 닳고 닳은 루주 하나
집 나올 때마다 펴 바르면 멀건 입술이 된다

물보다 진하다는 핏줄, 네모난 텔레비전 서랍 속에서
꺼내 드는 이산가족 상봉 장면
펴 바를 때마다 어머니 눈시울 붉어진다
세월 따라 엷게 발라지던 선홍빛 루주
어머니 서랍 속의 루주 빛깔도 엷어지는 것일까
엷게 펴 발라 멀겋게 바래져야 할 그리움 하나

툭 건드린다

새벽 공감대

성당 십자가 탑에서
깍깍깍 까치가 운다
십자가가 내 집이요
꼭꼭꼭 확인하란다

온 하늘을 날갯짓으로
사랑하며 춤추고
노닐다가
내 삶은 십자가라고
우짖는 너와

수영장으로 세계여행으로
땅, 하늘, 바다를 누비면서도
온 우주가 내 집이야
말하지 못했었던

내가 본 하늘 정원

볼 빨간 새악시 넓은 얼굴에
철새 한 마리 부조하고 가네

2부

마음이 역사를 만든다
칼의 노래를 부르던 작가의
공터에서
소설 속 이야기가 노래 되어 박수와 환호를 보낸다
당신의 손이 내 손을 잡는 것보다
내 손이 당신 손잡는 것이 더 좋아 낭독하는 내가
그곳에 있다

사랑

얼마만큼 가벼워야 너에게
가 닿을까

활주로의 끝자리
까만 자국 선명하다

너에게 가기 위한
쉼 없는 발걸음

멈추기 위해
멈추기 위해

달리던 마음

까만 그리움으로
남아 있다

여름, 그리움 타는 소리

소리로 가득 찼다

매미 소리 앞 창가에서
선풍기 도는 소리 벽 쪽에서
뒷베란다에선 옷 돌아가는 소리가
우렁우렁 들렸다

그저 천장만 바라볼 뿐

아득히 먼 곳에서 영사기 돌린 듯
베란다 철망이 들어서고
푸른 나뭇잎들
탕 탕 탕 건반을 두드리며
그리움의 파도를 탄다

가슴이 내지르는 소리 우렁차다

인생의 강

넋두리를 한 다음 날은
시간이 연결되어 흐른다

자고 일어나도
여전히 몸은
힘들고 고달팠던 그 시간으로 돌아간다

몸이 아플 때 아픈 만큼 자라느라
마음은 오죽했으랴

사춘기라 했는가
인생의 봄
폭죽처럼 번지던
어둠의 시간들

그 긴 강
혼자였다 했건만

시화를 걸다

강물이 붉어지는 해 질 녘
다리 난간에 시를 묶는다

아버지 불러 닿지 않는 안다까움을
어머니 불러 기나긴 세월 낡고
삭혀진 가슴이 괜찮으시냐 말을 건넨다

꽃길을 따라 흘렀을 시간들이
어둠 속에 똬리 틀고 뭉쳐져
노래 되어 잠시 머뭇거린다

둥둥둥 둥둥 초혼가를 불러
타는 목마름으로 어버이를 불러
긴 머리 풀어 헤쳐 바닥을 쓸어내는
진혼의 시간

아~ 시를 푸는 밤이면 시 속에서

청춘의 영령이
걸어 나온다

밥의 노래

밤낮으로 반짝이는 별을 안는
밥의 초청을 받았다
상추와 쑥갓 대롱대롱 청홍의 고추를 따다
불판 고기를 덤으로
대접한다

된장이 보글보글,
작은 밥솥의 하얀 밥이
빵빵하게 배를 불리면
여백으로 깔려 있는 어둠이
하늘을 밝힌다

저 별은 북두칠성 그 끝에서 우로 다섯 걸음쯤 저 별은
북극성
불침번 쓰던 날 헤아리던 별자리 그 자리에 있다

청춘들이 별 헤며 보낸 시간
밤에 빛나는 별이 노래로 흐른다
흘러간 시간이 가슴속 별이 되어 빛나고 있다

소통

하얀 방수포에 까만 망사를
둘러쓴 탄탄한 양산
바람 불 때 꽉 잡으면
끌려 올라갈

하늘하늘한 파란 양산
연한 바람에도 살랑살랑, 위아래가
흔들흔들, 세찬 바람엔 뒤집혀도
가볍고 작아
어느 곳이든 데려갈 수 있어요

허리춤 양옆으로도 한지 마냥 장지문 마냥
빛도 그늘도 바람도 오갈 수 있어요
때론 탄탄함보단 가벼움이 좋아요

그날 하루

수술실 앞에
자식들이 모여 근심에 찬 얼굴로
어머니를 기다리고 있다

극심한 고통을 도려내고
병실로 옮겨오신 어머니
자꾸 졸리신다며 눈 감는다

그날 늦은 시간까지
의사의 당부대로
자면 안 돼요
자면 안 돼요
생명을 지키는 불침번 된다

여덟 명 자식이
부모로 태어났다

내가 나를 사는 시간

낙엽을 주워 책갈피에 끼웠다
물기가 마른 잎들이 누렇게 떴다

빨강
노랑
몇몇의 잎을 코팅한다

내 몸에 물기가 빠지는
순간에도 견뎌야 하는 것
사랑받는 것이 있다면
그냥 갈 수 없다

내가 나를 사는 시간은
선택받지 않는 시간으로
채워야 한다

다리를 걷는 아이

햇살이 반짝이는 강을
걷는다

침묵 사이로 숨소리
들린다

가르치는 것은 쉬운 일

아이가 철봉에 오르다가 돌멩이에 납작
엎드린 잠자리를 건드려 보다가

"직업을 가진 것이 부럽네요"
"군대 안 가도 되는 사람이 부럽네요"

장애인 되어 군대 가지 않았으면
좋겠다는 말이 강물 따라
흘러간다

호국의 다리를 걷는
열두 살 아이의 삶의 무게가
강물에 빠져 있는 산그늘로
드리워져 있다

다치면서 크는 거야

오늘은 콧등에 긁힌 자국
어제는 코밑에 부푼 자국
힘들어서 부풀었나

눈까지 다칠까 봐 걱정이다
전번에도 다치더니 어떡하노 쯧

할머니 염려 한가득을

"에이, 할머니 아~아들은
다치면서 크는 거야"

겹겹이 깔린 이불이 화들짝
비둘기 날갯짓으로 날며

손자와 할머니의 역할 놀이가 바뀌어 반짝이는 순간

나는

하늘과 같은 선상에
오선줄 걸어놓고
왕관 모양을 한 전신주로 서 있다
둥글고 뾰족한 높은음자리표로
세로로 걸개를 만들어 세 마디로 정리해 놓고
한 줄 한 줄 음표를 기다리고 있다

왕관의 무게에 바람이 흔들린다

그림만으로 지루해진 아이는 글쓰기를 시작한다
삐뚤빼뚤 여러 가닥으로 늘어진
이들과 이야기 나누다 혼자의 즐거움을 생각하면서

왕관을 쓴 나의 노래는 어디까지 이어지고 있을까?
만드신 이의 의도대로
살아야 한다 말씀에 환호하면서도
내 안에 음률로
춤추는 사람
내 생각은 이렇나고 말하시도,
말할 것을 가지지도 못했지만
문득문득 차오르는 내 안의 노래, 모란

단풍나무

별이 많이 내려와 앉았다
별 끝자리에 조롱조롱 달려있는 이슬방울들
수많은 나날 글썽댄 별별 이야기들이
초롱초롱 빛나고 있다

폭우 쏟아진 날에도
목줄기 잘려진 날들도

다시 물 길어 올려
살아남았노라고
오고 가는 길, 눈 마주칠 때마다
한마디씩 한다

지나고 보면 괜찮은 날들

버릴 수 없는 것

먹잇감을 찾는 사냥개의 눈으로
연 신발장
아들의 축구화를 찾았다

골 하나 넣겠다고
공복이어야 공을 넣을 수 있다고
열심이었던 아들의 신발이
딱 맞아 허리를 단단히 지탱해 준다

축구선수가 되겠다고
꿈을 키워갔는데
그 꿈, 살기가 급급해
바라봐 주지도 못했다
아들이 버리지 못한 꿈 하나

현관에서 나를 읽는다

집이어서 좋았다

아이를 업고 바다에 있었다
좁은 길을 지나는데 아이가 몸부림 친다
돌아갈 수도 앞으로 계속 갈 수도 없다

망망한 바다를 멍하니 바라보고 섰는데
딸 같은 두 여자가 업어서 자신의 집으로
데려가 주었다
내 집까지는 어쩌나 했더니
대전역까지 데려다준단다

꿈이었다

집에서 자고 있는 날 보고
좋았다. 꿈에서도

성 밖 숲에서 그 사람을 보았다

구름이 통째 산기슭으로 소풍 내려온 날

성 밖 숲에 가보지 않았다는 말에
마음을 굴려 달려 준 사람

왕버들 고목들은 이름을 달고
삼각 지지대로 비둘기빛 하늘을
받쳐 들고 있었다

반짝이는 것 있어 풀숲을 들여다보면
투명하게 자신을 가리면서
풀꽃처럼 은은히 곁에 있어주는 사람

낮은 곳에서 높은 것을 괴며
초록 잎새로 희망을 건져내는

그 사람을 보았다

인연의 늪

표창을 가진 아내와
깊은 신음을 숨긴 남편의 하루가 시작된다

어디에서 자신의 표창이 날아갈지 몰라
전전긍긍하는 아내와
숨겨진 상처의 폭발이 언제 일어날지 모르는
화약고 남편의 침묵 속에
TV 소음만 드리워져 있다

같은 시간을 살면서도 다른 언어를 가진 사람들
앞만 보고 살았던 삶, 이해받지 못한 삶이
당신의 삶에 먹지를 내밀었던 것
타인의 고통에 둔했던 마음이 희부옇게
눈을 뜬다

먹지 같은 깜깜한 세상에
혼자 버려진 것 같아서 진종일을 헤매고 다녔다
가까스로 올라온 눈물샘이
말라버린 고양이 같았다

돌아오는 길 아파트 정문에 커다란 물웅덩이가 생겼다
물이 뱅글뱅글 소용돌이치며 하수구 구멍으로 쏙 빨려
들어갔다
빠저나가지 못한 시키먼 잉금들이 마음에 남았다

죽을 끓인다
투명유리 속에 잠시 방치한 알갱이
손대면 으르렁
터질듯한 소리로 달려든다

하얀 죽 먹고 잠시 소강상태다

아버님 그리다

사람을 사랑하는 것이
곧 하나님을 사랑하는 것이요
선이 된다
아버님의 말씀 햇살되어 어둠 밝히고
꽃으로 피어나 가슴 밝힙니다

가고 오고 먹고 자고
모든 것을 하나님과 함께 하라시는
아버님 말씀

아침 출근길 버스에서
문득 들려옵니다

아버님 앉으세요
창가 오른쪽 자리 쓸어내면
아버님 모습 보이지 않고
소리만 나비처럼 소복이 앉아
가슴에서 울컥 눈물 쏟습니다

아버님과 함께 불렀던
엄마야 누나야의 추억들이
낮에 놀다 두고 온
나뭇잎 배의 재롱들이
사르랑사르랑 소리를 내면
온 생애를 다해
내 아들아 내 딸아 불러주셨던
아버님 그립습니다

선한 사람은 사람을 보나 자연을 보나
심정으로 덮어줄 수 있는 자다
가르쳐 주셨던 아버님
언제까지나 언제까지나
함께하시옵소서

3부

수없이 많은 꽃 사이에 피어났어도
나만이 꽃이라 생각한다
그러면 무엇이 달라지랴
그렇지 않으면 무엇이 같아지랴
꽃이 되어 본 시간
꽃이 되어 보지 못했던 삶

문학 기행

시를 써야 하는데
온통 푸른
시집을 들여다보고만 있다

울안에서
울타리 넘어
온몸으로 말을 한다

붉었으나
촘촘한 열정
가시의 언어

내 안에 무수히 꽃으로 앉아 있는
가시를 보았다

있는 그대로 풀어놓은 담벽에 쓰인 그대의
시 앞에서

평화로움

가끔은 흔들림 없는 고요함으로
매미 소리로 악보를 그릴 때
살살 떨리는 잎새들의
노랫소리도 넣고 싶어

잠시 멈춤을 그려 넣을 때
햇빛에 반짝거리는 전깃줄 오선지에다
그려내는
잦아드는 순간의 숨 고르기와
내지르는 시간의 팽팽한 줄 달리기

저렇게 성성한 목소리로 노래해 봤을까
목소리를 낮추어
내 마음속을 들여다봤을까

맘과 몸을 오가며
한 올 한 올 커튼 자락을 흔들며
무한정의 시간을 수놓는
아침 창의 물결

그 너머에 펼쳐지는 또 하나의 풍경

웃음에 절대적으로 필요한 것을 아시나요?

들판 한가운데 있었네
장미꽃 문으로 드나드는 집
음표를 그려 넣은 하늘이
점 점 점 붉어지던 하늘이
달 하나 남기고 고요해질 때
장미꽃 하나 입 오므리고 웃는다

가지런하던 이가 하나 쑥 빠지자
온전하다 믿었던 내가 흔들렸다

마스크로 가려 봤다
누군가 뻥 뚫린 동굴을 볼까 봐 크게 웃다가
열린 문을 들여다볼까 입을 다물었다

웃음에 절대적으로 필요한 것이
입인가요?

입이 웃는 줄 알았는데
이가 웃은 것이었다

하나의 꽃잎 조각조각이 다 포개져
있을 때 장미는 환하다

작은도서관

터지기 일보 직전이다
내뱉지 못한 말들이 칸칸이
들이차 숨을 쉬지 못하는 곳

누군가 내 마음을 읽어주는 이 있다면
그것 하나로 일생을 살아가는 곳

모두를 다 읽을 수는 없어 욕심을 내려놓아야 하는 곳

아무도 오지 않는 곳에서
홀로 춤을 추는

나

나만은 안다
모든 글은 바람으로 오감을

어둠의 세계에서

푸른 하늘을 올려다보는 오후의 한나절
나뭇가지의 살랑거림도 오고 가고
구름떼같이 사람들 뭉실거린다

용천사 뒷담을 돌아들면
함지박에 고인 어둠이
하늘을 기르고 있다
하늘이 꽃피고 열매 맺는다

자라고 열매 맺는 것은 밝음이라 생각했다

밤하늘 푸른 어둠 속으로
빨려 들어가면
하늘의 열매

새로운 사람이 걸어 나온다

아침 일기

새벽 4시에 일어난 손자를 데리고
동틀 무렵 학교 운동장으로 나갔다

갑작스럽게 불어나는 물처럼
친구와 부부, 강아지와 나선
어르신들 발걸음이 탑돌이처럼
빙글빙글 이어지고

물웅덩이에서 뽑힌 풀 하나 들고
쪼그리고 앉아 있는
손자에게 모두 한마디씩 건넨다

"일찍 일어났네"
"할머니와 운동 나왔네"
"물 만지면 지지다"

한사람 두 사람 스르르 빠져도
아이는 운동장 가운데 얕은 물에
여즉 앉아 있고
멀리서 지켜보는 할미를
두어 번 돌아보더니
어느 순간 혼자만의 세계에 빠져든 듯
고개 한 번도 들지 않는다

우주가 지켜보고 있다
아이는 저 혼자만의
세계에서 자라고 있다

봄밤을 거닐다 1

그토록 붉던 철쭉꽃이 찬 기운에
녹아진 도서관 앞을 지나

소나무 꽉 들어찬 산책로를 지나
몇 년을 주공아파트서 살았지만
처음 걷는 길이라 말하는 아이와
하늘 쪽으로 하얗게 넘실거리는 이팝나무와
분홍빛으로 큼지막하게 수놓은
달맞이꽃밭을 지나

거칠어 보여 만져보면 잎이 부드러운
감나무 밑을 지나
잎이 무성한 벚나무를 지나면
초록초록 새순을 매단
대추나무 밑이다

노란 꽃 무더기 앞에서 발걸음 멈추고
이름을 묻는 아이들에게
밭일하시던 아저씨가
일러주신 겹매화꽃

알알이 열매를 매단 매화나무를 지나
아! 붉은 입술을 뾰족하니 내민 장미가
그새 빠르게 봉오리를 맺고 있었다

사거리 골목에 전등을 무수히 달고 서 있는 예당유치
원은
아이들의 웃음소리가 들리는 듯하고

어둠이 깃들지 않은 하늘엔 낮달처럼
희미한 초승달이 떠 있다
봄을 담고 싶은 아이의 손이 하늘을 향해 뻗쳐 있다

봄밤을 거닐다 2

팔 개월쯤 되었을까 배가 도톰한
산모 같은 달빛 속을

잎 하나 달지 않고 가시를 있는 대로
드러낸 검붉어서 무서운 대추나무를 지나

하얀 꽃, 분홍 꽃을 매단 두 그루 나무가
서 있는 '그대 때문에 봄날' 카페를 지나

100년 역사를 자랑하는 초등학교 운동장엔
열 명 남짓 아이들의 목소리
그 소리를 지나 횟집은 봤는데
그 앞에 선 구상문학관은 본 적 없다는 아이와
불빛이 담긴 강둑을 내려선다

왜관 다리가 왜 호국의 다리인지
그해 강물은 왜 그토록이나 붉었는지
묻는 아이와 강을 돈다
내 나무라고 정한 작은 나무 앞에서
꽃 피고, 꽃 질 때 두어 번쯤은 와 보고 싶다는 아이

봄밤을 걸어본 적 없어서

왜관의 밤이 이렇게도 아름다웠나

알게 됐다는, 사랑이 막 궁금해지기 시작한 아이와
그렇게

봄밤을 거닐었다

강

반짝이는 강물을 등에 지고 하얀 나비 두 마리
손마디 하나의 틈을 두고 소리 없이 날고 있다

강물 위로 허공 높이로 앞서거니 뒤서거니
처음의 틈을 유지하고 있다

카메라 찾아 셔터 눌렀건만
나비 두 마리 화면 속에 없다

가시내야 불러주시던 아버지의 음성이
도미노 피자 맛있다던 아들의 재잘거림이
세찬 비 오던 날 되돌아가는 강물 소리가

재생할 수 없던 인생의 한때로
포착되지 않는 화면 속으로 사라져 가고

허무한 생의 포물선이 우리를 살게 하는
음률의 틈새로 남아 있다

와삭 베어 물지 못한 사과가 있었네

속을 알 수가 없다
겉모습을 보아서는

마음을 알 수가 없다
나이 들지 않고서는

사과 장수인 젊은 엄마가
반짝반짝 닦아서 내민
그 사과

팔고 싶었으나 팔리지 않은 그 사과
빨리 팔고 싶어서 곱게 치장을 한 그 사과

예뻐서 팔고 싶지 않았던 그 사과
와삭 베어 물 수 없었던 슬픔이 배어든 사과

겉을 닦느라
자식 속은 살필 수 없었던

엄마의 사과, 그 사과는 사과가 아니었다

왜 하필 사과였을까

대구는 능금의 고장
한때 능금의 고장이라 불렸었지

오래전 건네받은 사과 앞에
서 본다

선홍색 붉은 빛깔이 보석처럼 빛나던
지금은 사라져간 홍옥

으슥한 골목길 가로등 불빛 아래
리어카 한편에 고개 숙이고 앉아
눈부시게 닦고 또 닦아 헙수룩해진
그림자

한밤중 건네받고
와삭, 한 입 베어 물지 못했던

먹어도 먹어도 허기진 아이들
여러 남매를 둔 그러나 볼 붉어 어여뻤던 사람

그때 대구는 오랫동안 능금의 고장이었다

인생 버스

88고속도로를 달리는 버스 차창에 물방울이 구른다

저 끝 지점에서 내려 뛸 때
혼자이다

용케도 둘씩 셋씩
뭉치기도 하고
끝까지 혼자이기도 하다

생의 흔들림에 맞춰 몸을 얹어 놓으면
종착역엔 절로 굴러가는데
사람들은 내가 살겠다고 내가 사는 거라고 몸부림 친다

산자락 하나
옆에 낀 인생 버스는
이 시간도 잘
굴러간다

시각으로 번져나는 시간 속으로

나비처럼 정자에 앉는다

나무 하나의 이름과 모양과 색깔을 더듬어보는 시간
저 초록은 어디에서 어떻게 살던 초록인지 나무 끝에 얹
힌 노르스름하면서 붉은 색깔은 어떤 이야기에 물들어
가는지 묻는다

시선을 돌리면 그 옆 산자락으로 묻어나는

봄에 자라는 색깔은 오월이 지나 유월이 되어가면 하나
의 마을을 이루고 산맥을 이루고 사람들의 마음으로 퍼
져간다

산과 하늘과 눈높이가 같은 사람의 집과 가로등과 엇
갈리면서 서로 의견을 나눌 때 커지는 목소리가 사각사
각하다 지나가던 다리의 울림이 얹히면 하늘은 제법 의젓
해지며 붉어지고 물감 놀이를 하던 사람들은 저마다 찍
어내던 점점 더 커지는 손바닥만 한, 손바닥보다 큰 세상
을 채우다 울컥해진 마음을 사각 상자에 담아 시간의 저
장고로 옮겨간다

시가 오는 길

새벽이면 창 열고
턱 기대어
그대 사모하는 맘 전하였더니,

해 질 녘
강가에서 나를 기다려
곱디고운 웃음을
내게 주네요

황홀한 눈길로 그대 바라니
산기슭 넘으려다
가로질러 와
강물 위 붉은 기둥 길을 만들어
가슴에 꽉 차게 안겨 오네요

마음 모를 해에게도
고운 마음 보내니
있는 곳마다
찾아와
웃음 띠는데

날마다 그대를 해바라기하는 맘
그대도 진분홍 고운 맘으로
강물 기둥 헤치고 붉은 빛깔로
나에게 한 번씩 올 수 없나요

돌부리

이른 새벽
아들을 열차에 태워 보내고
돌아오는 길

우방 앞 사거리
어제 어머니 걸려 넘어진
돌부리를 본다

돌부리는 조금 깊거나 조금 돌출된 곳에서 나온다

엄마 생일이라고
내려온 손주에게
돈 건네시려고 달려오다
넘어지셨다

이만하기가 얼마나 다행이냐며
안경을 고치러 가시던
어머니

언저리보다 돌출된 곳은 중심이 된다
걸리게도 하고 일어나게도 하는 돌부리

자식이 놀부리다

10월의 낙동강

물의 찰랑임이 있어 반짝거림을 만들어낸다 무수한 빛의 소리를 들으며 이쪽에서 저쪽을 지주가 땅을 살피듯 내 하늘과 내 땅을 호흡으로 들이마신다 모래 둔덕에 갈대가 살랑대고 주인 없는 낚싯대만 흔들거린다

봄날 초록으로 반짝이던 풀빛이 여름날에 초록 융단을 깔아 쑥덕거림으로 살아있음을 말해준다 푸르고 붉고 어둡고 희고 넓고 누가 있어 이 하늘을 만들었으며 변하게 하는지 절로 고개 숙여진다

친구와, 아이와, 때론 혼자서 흐르는 강물에 맘을 띄우기도 하고, 먹장구름에 삶의 어둠을 풀어놓고 노을 앞에서 마음을 곱게 물들이기도 했다 낙동강은 나날이 처음 본 것, 느낀 것, 함께하는 것들이다

옥색 하늘빛을 기억회로에 조각하고 다듬으면 시간 속에 더 선명한 빛을 띠었다 흘러간 시간은 다시 되돌릴 수 없다지만 소리로, 느낌으로 저장되어서 얼마든지 돌아올 수 있는 것이다

4부

압력밥솥을 샀다
눈금이 선명하다
손등에 물이 차면 겉을 훔쳐
안치던 것을
컵 숫자 적힌 선에 맞춘다
흔들리는 마음도 선에 맞춰 선다

온마을돌봄 프로젝트

아이 하나 키우려면
온마을이 나서야 한다네

아이를 보듬고 쓰다듬어
웃음꽃을 피우는 마을 아지매

우주에 오만 빛나는 것 모아 이야기 엮어주는
사랑이 많은 할머니

하늘에 구름 모양 만들고
나뭇가지에 새소리 그려 넣는
아빠도 있어야 하고
피아노 치며 꿈을 노래하는 엄마도 있어야 한다네

종일토록 머리 맞대고 보살펴야
예쁜 꽃으로 피어난다네
아름다운 자유를 노래하는
사람으로 자라난다네

바다

바다를 써야 하는데 망망한 바다가
막막해진다
바다, 겉은 알고 있는데 속은 모른다
과연 겉은 알까

안다고 생각했다
너를
나를 아는 것만큼이나 너를
너의 울부짖음이 내가 아는 다였다

폭풍 속에서
그 많은 눈물을 담고서도 퍼내지 못하고
꾹꾹 삼키고 있다
거대한 눈물 웅덩이에 빠져
헤어 나오지 못하고 외로움을 퍼마시고 있다

네가 나를 알아 바다가 묻는다

속내를 드러낼 때마다 깜깜한 어둠 속 같다며
내게로 와 혼곤한 잠 속에 빠져들기도 했다

인생 스승이다 보드게임은

추론하는 능력을 알게 해주는 다빈치 코드
많이 보이면 보일수록
승자의 쾌감을 준다. 너에게

많이 산 사람들은
네 속 이야기를 많이 하지 마라
서로 속을 터놓아야 친구 같지만
결정적인 순간이 왔을 때
너의 인생을 쓰러뜨릴 수 있다고

역전의 한순간
하나를 잡지 못해 순서를 넘기면
와사삭 와사삭 털리는 시간
고요만이 존재해 너를 뒤집는 시간

어떤 삶을 살 것인가
더하기 아님 빼기 징징거리기

태풍

온다는 예보도 없이
바람이 불었다
가고 나서야 알았다
산노 들노 나무노 다 같이
흔들렸음을

눈뜰 수 없었던
세찬 바람도
이내 잠잠해짐을
내 생에 네가 없었다면
나 또한……

별을 보기 위해선
어두워져야만 했다

송해공원

바닥 유리가 거칠하니 어둡다
맑았을 때 지나가기 겁났는데
보이지 않으니 오히려 겁나지 않는다 한다

유리도 맑으면 자기를 들여다보기 겁나
사람들 발길 마다하지 않는다

맑아지면 나의 인생 흐렸었다
말할 수 있을까
온몸을 다해 뒤넘어쳐 울부짖던
사람을 말할 수 있을까
말하지 못하는 것들의
발자국이 쌓여서
만들어진 공원

봄, 꽃 피우다

하늘거리며 솟구치는
        연초록 꽃잔치
낙동강변에서
       보았네
꽃다이 피는 가지 사이
    하늘꽃 잎새, 잎새들

에둘러 말하는 것이 시라면
바라만 보면서도 말하지 못하는 것도 시라면

다 그런 것 아니겠지요만
봄 또한 그런 것

엉거주춤하다

여학생이 많은 스포츠댄스 교실

초보교실에 등록하여
남학생 역할을 맡았다

한국무용을 하셔서 몸이 유연한
나보다 키가 작은
팔순이 가깝다는 분의 짝이 되었다

집의 바깥에선 남녀 구분 없이 돈을 벌면서도
집안에선 여전히 남자보단 여자
역할이 확실하다

여자 파트를 맡아서
도는 일을 했다

남자 역할을 맡고서도
돌려주지 못하니
앞에 있는 학생도 여자가 되지 못한다

남자도 여자도 되지 못해
엉거주춤하며 서 있다

반려 식물과 칠곡군에서 살아요

비모닝이네요
부산에서 보내는 그대의 인사에
칠곡군 안부를 전해요

싱싱하게 피어나는
잎 잎 잎
벚꽃잎도 피어나고
장미꽃도 피어나는데
꽃만 바라본 것 미안했어요

흘려보내는 것들 중
쌀뜨물 받아서 부어줬더니
초록 풀 향으로
보답하네요

꽃냄새 맡지 못해도
풀냄새 향그러움엔 취해요

창밖, 꽃 피고 소나무 그늘 내려앉아도
창 안에 만질 수 있는
물 줄 수 있는 너 있어 좋다고

분갈이 한 번 안 해주고
영양제 한 번 안 주고 가면 아니 올
시간의 한 자락을 모아
부어주고 부어주고 또 부어주니

해와 바람 불러와
잎 피웠나니
대화의 창으로
꽃 피웠나니

무

견디기를 위하여
하얗게 서리가 앉았다
바람은 겉으로도
가슴으로도 들지 않고
그 가운데 어디쯤에
받아드는 중이었다
내 삶 곳곳에서
와 주었던 친구들
가지 못한 시간이라 그대로 두었다
불러주지 않았다면 없었을 시간들
비켜 갈 때 바람이 들었지만
하얗게 서리 내리듯
가슴 그 어디쯤엔가
받쳐두고 있었다
다시 돌아갈 수 있는
여지를 남겨 두었다

그곳에 있다는 것만으로

그곳서 만나
네가 그곳에 있다는 것만으로
하얀 망초꽃 피어나고
분홍빛 자운영이 피어나고
바람에 나부끼는 갈대의 노래가 들린다

노란 금계국을 읽고
아직 피어나지 않은 초록 넝쿨을 읽어가는 동안
잠시 너도 잊고 나도 잊는다

장미로 하트를 수놓은 약속된 장소로
가는 동안 강물도 함께 걸어주었고
매미 소리 드높게 차 소리를 지워주었다

높이 오르는 것만이 정상은 아니라고
넌짓 몸을 비틀며 웃어주던 너

그곳에 있다는 약속 하나로
집을 나서고 걸어가는 중이다

난 안개 속에서 살아
-동백섬은 안개꽃으로

끝없이 하얗게 웃었어
웃음으로 거대한 빌딩의
코와 입을 가렸어

나를 향해 터지던 찬사와
카메라의 플래시가 옅어지면 나는 본색을 드러내곤 해

날마다 내 앞에서 재롱부리고
깔깔깔 웃던 사람들의 웃음과
바다의 목소리
무한대로 드러내는 나의 민낯은
부디 아름다웠으면
아름다웠으면 좋겠어

둥글게 머리 빗어 말아 올리면
팔각정자 뒤로
나를 가렸던 안개 바다
바람처럼 흩어지고

어느 선계더냐
오늘 내가 만난 세상
안개가 비처럼 나리고
흩어져 민낯으로 돌아오고

바람이 한세상을 건너올 때

문밖의 세상은 거친 비와 바람의 세계였어
문 하나로 사나운 비바람을 막을 수 있다니
놀라움이었어
바람이 불 때마다 창 안에 머무르면서
바깥세상 따윈 신경 쓰지 않기로 했지
숨쉬기조차 힘들 때도
거리를 두고 폭풍우가 지나가길 기다렸지

그런데 말이야
지나가면 사라져버릴
바람 속에
나를 던지고
아직도 그 속에서
나오지 못하고 있어

인생노을

미쳤다
바닥까지
물들이다
진다

어둠으로 들어가면
사라진다
빛도
빛도
기꺼이 져 주는 일

즐겁게 읽히지 않아
미련 없이
내어놓았는데
누군가 찾아다
또 꽂아둔
책 같다

영화 속엔 내 삶이 보여

유리창으로 눈부시게 비친다
8월의 저녁 햇살이

눈도 뜨지 못하고
찡그리는데
산도 들도 건물도 묵묵히 서 있다

착하게 살고 싶어서
힘든 사람에게 손 내밀고 싶어서
웃음 띤 얼굴을 보고 싶어서 가진 재능을
쏟았던 그가

가족의 죽음을 힘겨워하는 사람들의
이야기를 들어주고 손잡아줬던 그가

한 여자의 끝없는 주절거림에
마지막으로 한 행위는 몇 발의
총성 뒤에 빼앗은 목숨

눈뜨고 바라보기 힘든 햇빛은 잠깐
이내 잠잠해진다는 사실을

마지막 발악으로 느껴졌던
붉은빛의 집착이
삶에 대한 애착이었다는 것을

늘 다니던 길에서 길을 잃은 한 사내의
이야기 속, 초고령화 시대를 살고 있는
우리의 삶이 보인다

*영화 〈버니〉를 보고

가족

방학이라 내려온
아들, 손자 거느리고 나선
휴양림 도서 대여 봉사

휴가철이 막 지난 화요일
천막도서관 앞 수영장 파란 물이
넘실거리고 있다

말릴 수 없는 세 살 떼쟁이
"물에선 놀면 안 돼" 말하는 아빠를
기어코 꺾는다

기저귀는 우주선처럼
빵빵하게 부풀고
단벌옷은 아빠 속처럼
젖어 드는데

휴양림 도서 대여
손님 없이 자리만 지키고 있다

그예, 손자를 안고 빈집으로 돌아가는
아들의 뒷모습에 어룽대는 숲 그늘이
내 등 뒤에서 자박거렸을
내 어머니의 눈동자로
흔들린다

하늘바라기

여행 떠난 엄마를 기다리는 돌 지난 아이
눈은 연신 문으로 가 있다.
등을 도닥이며 본 창밖엔
몇백 년 세월을 흔들렸을 나무와
나무 사이로 보이는 하늘
손바닥만 하다

웅얼웅얼 웅얼웅얼
나무의 소리와 하늘의 소리가 뒤섞여 말 걸어온다

나무가 자라서 하늘을 덮는다
아이가 자라서 하늘을 감싸준다

잔소리

파란 하늘 뭉게구름도 좋고
토닥토닥 내리는 비도 좋다
아파트 앞 철쭉 무리 속
고개 쑥 빼든 그런 아들이었다

밤 11시가 다 되어서야 지하철로
퇴근한다는 아들, 그곳에 봄이
보일까 꽃이 보일까 말없이 묻는다

회사를 그만두어야겠다는 울먹임에
철없구나 하려다
입 다문다

엄만 17살, 처음 시작한 일터에서
우두둑 소리 수십 번 나야
등이 땅에 닿았단다 통풍으로
베 짜던 바늘로 이를 찔러가며
일했단다

노랗게 피는 꽃이 선명하게 읽히지 않는다고
산수유나무가 굽어 있다

그리움의 시학

구석본(시인)

1

옥명선 시인의 시집『이만큼 행복한 날의 풍경』을 관통하는 정서는 '그리움'이다. '그리움'은 인간 정서의 기본이며 본능적이고 원초적 정서라 할 수 있겠다. 인간의 정서를 범박하게 희로애락이라고 흔히 말하지만, 그 희로애락도 근원을 따지고 보면 '그리움'에서 파생된 정서라 하겠다. 근원적이고 원초적인 정서인 '그리움'이 서정시의 중심 소재가 되는 것은 지극히 당연한 것이다. 다른 한편 '그리움'이 시의 중심 소재가 될 경우 자칫 시가 진부하거나 감상적인 데 머물 위험도 있다. 그만큼 시인만의 세계를 드러내기 어려운 소재가 '그리움'이기도 하다.

옥명선 시인이 노래하고 있는 '그리움'은 각각의 시편마다 시각을 달리하고 그 제재 역시 다양하게 보여주고 있다. 명료한 주제 의식과 함께 시인의 독특한 시각이 돋보이는 시편들이다.

한순간 고요가 밀려와 멈칫거릴 때가 있다

그림자 없는 정오를 향해
소리 죽이던 아침 녘 강물처럼

앞다투어 술렁이던 붉은 꽃들 피었다 툭툭 떨어지고

일시에 파란을 일으키며
상처로 운 자신을 알리는 교집합의 순간들

한순간
잎새 잎새들
철렁거리며 낯익은 거리로 내려서던
시간이 있었다

오월은
ㅡ「오월」 전문

　　옥명선 시인의 시 「오월」은 특이한 시선으로 '오월'을
보고 있다. '오월'에 대한 인상은 '푸름의 계절'이다. '생명
력이 왕성한 계절'이다. '활기로 넘치는 계절'이다. 그러기
에 고요와 거리가 있는 계절이다. 이런 것이 '오월'이 가지

는 대체적인 이미지가 될 것이다. 이 모든 것을 시인의 독특한 시각으로 깨뜨리고 있다. 그리고 '오월'에 대한 인상을 순간적으로 포착하고 있다. 월 단위, 계절 단위로 '오월'을 보는 것이 아니라 한순간의 정서로 '오월'을 보고 있다.

첫째 연에서 "한순간 고요가 밀려와 멈칫거릴 때가 있다"로 시작했다. 그 '한순간 고요'가 시인에게 '오월'의 전부의 시간이기도 하다. '오월'이라는 단위가 순간으로 파악되는 것이다. 이어지는 둘째 연과 셋째 연에서 '한순간의 고요'가 심화, 구체화되어 나타나고 있다.

그림자 없는 정오를 향해
소리 죽이던 아침 녘 강물처럼

앞다투어 술렁이던 붉은 꽃들 피었다 툭툭 떨어지고

'한순간 고요'는 둘째 연의 "그림자 없는 정오"에 오면 활력으로 넘치는 '오월'의 이미지와 이어지면서 동시에 인간 삶의 과정 중, 꿈 많은 청춘 시절을 투영하고 있다. 시인에게 청춘 시절은 꿈으로 가득한 나날의 시절이어서 오히려 소리 죽여 '고요의 순간'으로 설렘을 다스리는 시절로 본 것이다. 그리고 그 '고요의 순간'은 강물처럼 도도히 흐르는 아침(새로운 미래)을 향해 흐르는 것이다. 셋째 연에서 반전이 일어난다. "앞다투어 술렁이던 붉은 꽃들 피었다 툭툭 떨어지"는 것이다. 청년 시절의 그 푸르고 열정 넘치는 붉은 꿈들이 피었지만 열매 맺지 못한 채 '툭툭 떨어지는' 비극적 상황이 전개되는 것이다. 그래서 결국 '한순간의 고요'는 넷째 연 "일시에 파란을 일으키며 / 상처로 운 자신을 알리는 교집합의 순간들"로 전환되는 것이다. 좌절된 꿈들은 "한순간 / 잎새 잎새들 / 철렁거리며 낯익은 거리로 내려서넌 / 시간이 있었다"고 지나온 삶의 상처를 기억하고 있다. 여기서 '낯익은 거리'는 지극히 평범한 삶의 현장을 말하고 있다. 결국 시인은 남다른 새로운 세계에 대한 꿈을 지녔지만 지나고 보니 남과 같은 평범한 생활인이 된 자신을 돌아보는 것이다. 그러고 보니 지나온 인생의 오월 같은 '청춘시절'은 인생 전체로 보면 한순간에 지나지 않는다. 한순간에 지나지 않지만 '고요의 한순간'이다. 열정으로 꿈의 세계에 이르기 직전의 설렘으로 벅찬 '고요의 한순간'인 것이다. 시인이 말하는 '고요의 한순간'은 꿈의 순간, 열정의 순간, 이상을 실천하려는 불굴의 의지로 활력이 넘치는 인생의 순간을 역설적으로 말하고 있다. 이루지 못한 '고요의 한순간'이어서 상처도 되지만 그리움의 대상이 되기도 한다.

오래되지 않은 아파트 하얀 칠조망 옆
속 붉은 브래지어 널브러져 있다

키 낮은 산수유 내려다보며
빨갛게 맞장구친다

몸에 걸쳐지든가
입으로 들어가든가
그게 뭐 대수냐고
파란 햇살 아래
조롱조롱 풍경으로 빛나고 있다

이만큼 행복한 날 어디 있냐고
—「풍요」 전문

「풍요」에 나타나는 풍경은 '속 붉은 브래지어'와 '키 낮은 산수유'가 '오래되지 않은 아파트 하얀 철조망 옆'을 배경으로 하여 펼쳐지는 풍경을 묘사하고 있다. 그리고 그 풍경을 빛나게 조명 구실을 하는 것은 '파란 햇살'이다. 이 시에 등장하는 '브래지어'는 '몸에 걸쳐'지지 않은 브래지어다. 다시 말해 브래지어가 인간 몸에 걸쳐지면 그것은 인간의 의상의 하나가 된다. 즉 브래지어 고유의 존재는 소멸되고 인간의 도구가 되는 것이다. 산수유도 인간의 '입으로 들어가'면 산수유 고유의 존재가 사라지고 식용으로만 가치가 있는 것이다. 이 시에 나오는 '브래지어'는 인간으로부터 벗어나 있다. 인간 중심으로 보면 의상의 가치가 없기에 버려진 것이다. 이것을 인간 중심에서 벗어나 브래지어 중심으로 보면 비로소 브래지어라는 존재 자체가 될 수 있는 것이다. 버려진 브래지어를 쓰레기가 아니라 브래지어 고유의 존재를 회복한 것으로 시인은 본 것이다. '키 낮은 산수유'도 마찬가지다. '키 낮기'에 식용으로 가치가 없는 것이다. 그래서 인간으로부터 외면받았지만, 산수유 중심으로 보면 자신의 존재를 회복한 것이다. 인간 중심의 세계에서는 모든 사물이 인간에 봉사하는 도구가 되지만 그 세계에서 빗어나면 고유의 존재로 다시 등장하는 것이다. 그것을 우리는 '자연'이라 말하고 있다. 자연으로 돌아간 '브래지어'와 '산수유'가 "파란 햇살 아래 / 조롱조롱 풍경으로 빛나고 있"는 것이다. 이런 자연의 풍경에서 시인은 "이만큼 행복한 날 어디 있냐고" 세상을 향해 묻는 것이다. 시인이 이상적으로 생각하는 세상은 인간 중심에서 벗어나 모두가 고유의 가치와 존재를 회복하여 조화로운 자연의 세계로 돌아가는 것임을 암시하고 있다. 그러한 자연에서 시인은 오히려 '풍요'를 느끼는 것이다.

2

빨래를 두 번 돌리며 가을을 삶고 있다

어제 걸었던 수태골의 오르막도

지난주 걸었던 울산 대왕암도 다 기억 속에만
남았다

햇살과 바람과 잎새들의 흐느낌 속에
물아일체되어
따스히 손잡던 마음도
열린 주머니 채워주고 싶은 마음도
돌면서 뽀얗게 바래간다

가을날 말테의 수기를 읽으니
삶은 더더욱 높아지고
높아진 만큼 되돌아오는 정신적 허기
채울 수 있을까

빨간 사과 닦으며 가을 길목에 서 있던
엄마의 모습 세탁기 너머에 있다

가을 하늘에 번지던
"사과 사세요"
그 목소리 지금도 뿌연
그리움으로 남아 있다

엄마!
—「가을 길목」 전문

시 「가을 길목」은 제목 그대로 가을 길목에 관한 단상이다. '가을'은 이른바 결실의 계절이라 하여 한 해를 마무리하는 계절이다. 동시에 한 해가 저무는 계절이기도 하다. 낙엽 지는 계절이다. 그러므로 가을은 사람들에게 많은 생각을 하게 하는 계절이다. 그래서 사색의 계절이기도 하다. 시인은 세탁기로 빨래를 하면서 추억에 잠긴다. 그래서 시인은 '가을을 살고 있다'고 했다. "어제 걸었넌 수태골의 오르막도 / 지난주 걸었던 울산 대왕암도 다 기억 속에만 남"아 어느새 추억이 되어 "따스히 손잡던 마음도 / 열린 주머니 채워주고 싶은 마음도" 세탁기에서 돌고 있는 빨래처럼 "돌면서 뽀얗게 바래"가는 것이다. 그리고 가을은 자아성찰의 계절이기도 하다. "가을날 말테의 수기를 읽"으면서 이상적인 삶을 꿈꾸지만, 현실은 따르지 않아 정신적 허기는 더욱 깊어지기도 하는 계절이다.

시인은 '가을의 길목'에서 한 해를 마무리하는 것을 암시하는 빨래를 하면서 추억에 잠기는 그 추억의 가장 중심에 "사과 사세요" 하시던 엄마가 있는 것이다. 그래서 시인은 "그 목소리 지금도 뿌연 / 그리움으로 남아 있"어 어느새 "엄마!"라고 속으로 부르고 있는 것이다. 결국 시인의 잡다하던 추억의 초점은 바로 '엄마'이고 '엄마에 대한 그리움'으로 모이는 것이다. 시인이 느끼는 정신적 허기도 따지고 보면 엄마의 "사과 사세요"라는 목소리를 더 이상 들을 수 없는 데서 오는 것이다. 삶의 현장에서 활기 넘치던 재생될 수 없는 엄마의 가을을 닮아가는 모

습에서 오는 것이다. 다시는 올 수 없는 '엄마의 봄날'에
대한 안타까움을 '가을의 길목'에서 뼈저리게 느끼는 것
이다.

명절이면
큰집 작은집 모두 모여
윷놀이 한판 벌입니다

손주를 본 큰아들 가족과
일곱 살 막내까지
육 남매를 둔
작은아들 가족
모두 모여
윷놀이 한판 펼칩니다

앞일은 하나님께 맡기고

"윷이야"

던지면 윷가락 따라 한바탕
웃음꽃 핍니다

봄바람에 벙글어지는
초록 잎새를 내밀며 내밀며

가족을 감싸 안으시는
어머니

그분이 계셔
모이고 또 모여
이 세상 제일 큰
웃음꽃이 핍니다
―「평화의 꽃」 전문

「평화의 꽃」은 명절에 모인 친척들이 윷놀이하는 장면
을 노래한 시이다. 화목한 친척들의 모습을 환하게 그리
고 있다. "손주를 본 큰아들 가족과 / 일곱 살 막내까지
육 남매를 둔 / 작은아들 가족 / 모두 모여 / 윷놀이 한
판 펼"치고 있다. 여기서 나타나는 가족의 중심인 어머니
는 두 아들을 두었고 큰아들은 이미 손주를 보았다. 그
러면 어머니는 증조할머니가 되었고 작은아들 가족은 육
남매인 대가족이다. 그다음 연 "앞일은 하나님께 맡기고"
에서 읽을 수 있는 것은 우선 윷놀이는 기술이 아니라
'운수에 맡긴다'는 의미이고 다른 또 하나의 의미는 승부
에 매달리지 않는다는 의미로 읽힌다. 가정의 화목과 평
화를 위한 놀이임을 암시하고 있다.
　시인은 시 「평화의 꽃」을 통해 단순히 화목한 친척의
모습을 노래하는 것에 그치지 않고 화목한 가정을 이루
는 양식을 제시하고 있다. "봄바람에 벙글어지는 / 초록

잎새를 내밀며 내밀며 / 가족을 감싸 안으시는 / 어머니 // 그분이 계셔 / 모이고 또 모여 / 이 세상 제일 큰 / 웃음꽃이 핍니다"에서 화목한 가정의 양식을 읽을 수 있다. 다시 말해 이렇게 한 가정이 평화롭고 화목할 수 있는 것은 그분(어머니)이 계시기 때문이라는 것이다. 곧 '어머니'라는 중심이 있기 때문에 친척들이 모여 '평화의 꽃'을 피울 수 있다. 가정이 화목하려면 그 중심이 분명해야 함을 제시하고 있는 것이다. 어머니의 존재는 모든 가족의 중심이 되는 것이다. 어머니는 '평화의 꽃'이면서 그 꽃을 피울 수 있게 하는 근원이다.

현관 앞, 붙박이 거울에 붙은 서랍이 내 화장대다
그 서랍 열면 뚜껑 없는 닳고 닳은 루주 하나
집 나올 때마다 펴 바르면 멀건 입술이 된다

물보다 진하다는 핏줄, 네모난 텔레비전 서랍 속에서
꺼내 드는 이산가족 상봉 장면
펴 바를 때마다 어머니 눈시울 붉어진다
세월 따라 엷게 발라지던 선홍빛 루주
어머니 서랍 속의 루주 빛깔도 엷어지는 것일까
엷게 펴 발라 멀겋게 바래져야 할 그리움 하나

툭 건드린다
—「서랍 속 루주 빛깔」 전문

116

「서랍 속 루주 빛깔」에서는 '루주 빛깔'을 통해 세월의 흐름과 어머니에 대한 그리움을 노래하고 있다.

현관 앞, 붙박이 거울에 붙은 서랍이 내 화장대다
그 서랍 열면 뚜껑 없는 닳고 닳은 루주 하나
집 나올 때마다 펴 바르면 멀건 입술이 된다

인용한 부분은 첫째 연이다. 시적 화자인 '나'의 화장대와 루주, 그리고 그 루주로 입술을 바르면 "멀건 입술이 된다"고 했다. 시인은 '어머니'를 대상으로 하는 시에서 '나의 화장대와 루주'를 말하고 있을까. 자신의 모습에서 어머니를 오버 랩 하는 것이다. "물보다 진하다는 핏줄, 네모난 텔레비전 서랍 속에서 / 꺼내 드는 이산가족 상봉 장면 / 펴 바를 때마다 어머니 눈시울 붉어진다"는 부분을 읽으면 어머니는 북한에 두고 온 가족이 있는 이산가족임을 짐작할 수 있다. 다시 말해 어머니의 가슴속에는 가족에 대한 사무친 그리움이 있는 것이다. 시적 화자의 지내온 "세월 따라 엷게 발라지던 선홍빛 루주"에 대한 사신의 경험에서 "어미니 서랍 속의 루주 빛깔도 엷어"졌을 것임을 유추하고 있다. 그리고 루주 빛깔이 엷어지듯이 "엷게 펴 발라 멀겋게 바래져야 할 그리움 하나"가 있길 바라지만 그리움은 세월이 갈수록 루주의 빛깔과 달리 더욱 진해지는 것이다. 시적 화자인 '나'의 어머니에 대한 그리움이 그러하듯 어머니의 그리움도 그러했을 것임을 안다. "멀겋게 바래져야 할 그리움 하나 / 툭 건드"리는 것이다. 그리움은 루주의 빛깔과 달리 세월이 갈수록 더욱 선홍빛으로 물들어 가는 것이다. 그리움을 빛깔로 그려낸 시이기에 시적 감동의 깊이가 있다.

얼마만큼 가벼워야 너에게
가 닿을까

활주로의 끝자리
까만 자국 선명하다

너에게 가기 위한
쉼 없는 발걸음

멈추기 위해
멈추기 위해

달리던 마음

까만 그리움으로
남아 있다

—「사랑」 전문

  '나' 아닌 '너'를 사랑한다는 것은 '나를 비우는 일'일 것이다. 다시 말해 '너'의 존재 의미를 '나' 이상의 자리로 올리는 것이다. 아니 '나'의 존재 의미를 '너'에게서 찾는 것이다.

  시인은 시「사랑」에서 "얼마만큼 가벼워야 너에게 / 가 닿을까"라고 묻는다. 이 물음 속에는 이미 '나' 아닌 '너'에게는 닿을 수 없다는 의미가 담겨 있는 것이다. 그래서 "너에게 가기 위한 / 쉼 없는 발걸음"은 "멈추기 위해 // 달리던 마음"이었던 것이다. 결국 시인이 추구하던 '사랑'은 "까만 그리움으로 남아 있"는 것이다. 원래 이상(理想)은 이루어지지 않는 세계다. 닿을 수 없는 세계인 것이다. 역설적이지만 닿을 수 없는 세계이기에 이상의 세계인 것이다. 사랑도 이루어지지 않았기에 그리움으로 남아 잊지 못하는 것이다.

  소리로 가득 찼다

  매미 소리 앞 창가에서
  선풍기 도는 소리 벽 쪽에서
  뒷베란다에선 옷 돌아가는 소리가
  우렁우렁 들렸다

그저 천장만 바라볼 뿐

아득히 먼 곳에서 영사기 돌린 듯
베란다 철망이 들어서고
푸른 나뭇잎들
탕 탕 탕 건반을 두드리며
그리움의 파도를 탄다

가슴이 내지르는 소리 우렁차다
—「여름, 그리움 타는 소리」 전문

「여름, 그리움 타는 소리」에서 시인은 여름이라는 계절을 소리의 세계로 보고 있다. 시인에게 여름은 "소리로 가득"찬 계절인 것이다. 흔히들 여름을 태양의 계절이라 하여 열정적인 계절로 본다. 젊은이의 계절로 보기도 한다. 더위와 연관시켜서 여름을 생각하는 것이 보편적이다. 그런데 시인은 여름을 소리의 계절로 보고 있다. 청각적 이미지로 보고 느끼는 것이다.

매미 소리 앞 창가에서
선풍기 도는 소리 벽 쪽에서
뒷베란다에선 옷 돌아가는 소리가
우렁우렁 들렸다

그저 천장만 바라볼 뿐

　시인의 여름은 '매미 소리'와 '선풍기 도는 소리'와 세탁
기에서 '옷 돌아가는 소리'로 가득하다. 그런 소리의 세
계 한가운데서 시인은 오히려 "그저 천장만 바라볼 뿐"이
다. '천장만 바라보는 것'은 외부의 소음에서 벗어나 고요
히 내면의 소리를 듣는 것이다. 그러면 "아득히 먼 곳에서
영사기 돌린 듯" 옛 생각이 "푸른 나뭇잎들 / 탕 탕 탕 건
반을 두드리며 / 그리움의 파도를" 타는 것이다. 시인의
여름에 대한 추억은 "탕 탕 탕 건반 두드리"는 소리처럼
열정 넘쳤던 한 시절이었음을 암시하고 있다. 시인은 그
시절로 되돌아갈 수는 없지만 지금도 마음으로는 그 시
절의 열정이 있어 "가슴이 내지르는 소리 우렁"찬 소리를
듣는 것이다. 그래서 시인의 여름은 소리의 세계이다.

　넋두리를 한 다음 날은
　시간이 연결되어 흐른다

　자고 일어나도
　어전히 몸은
　힘들고 고달팠던 그 시간으로 돌아간다

몸이 아플 때 아픈 만큼 자라느라
마음은 오죽했으랴

사춘기라 했는가
인생의 봄
폭죽처럼 번지던
어둠의 시간들

그 긴 강
혼자였다 했건만
―「인생의 강」 전문

　「인생의 강」에서 시인의 연륜을 느낀다. '인생'을 생각
할 수 있는 연륜이다. "넋두리를 한 다음 날은 / 시간이
연결되어 흐른다 // 자고 일어나도 / 여전히 몸은 / 힘들
고 고달팠던 그 시간으로 돌아가"는 것이다. '인생'을 말
하는 것은 살아온 지난날을 되돌아보는 것이다. 자신의
지난날을 얘기하는 사람은 진지하다. 그렇지만 듣는 사
람에게는 '넋두리'일 수 있다. 대체로 '넋두리'쯤으로 들을
것이다. 결국 자신의 인생을 되돌아보며 하소연한 사람의
마음에는 아픔만 남는 것이다. 문득 자신의 사춘기 시절
"폭죽처럼 번지던 / 어둠의 시간들"을 떠올리게 되는 것이
다. 그리고 인생의 "긴 강 / 혼자였다 했"지만 그 '혼자였
다'는 것을 잠시 망각한 채 누군가에게 하소연하며 나누

려 했던 자신에 대한 회의를 토로하고 있다. 그리고 깨우치는 것이다. 인생은 혼자라는 것을 새삼 깨우치는 것이다. 그렇다. 인간의 한평생은 어울려 살아온 것 같지만 결국 혼자일 수밖에 없는 것이다. 인간은 유일한 존재이다. 따라서 단독자인 것이다. 시 「인생의 강」에서 '절대 고독'을 읽는다.

들판 한가운데 있었네
장미꽃 문으로 드나드는 집
음표를 그려 넣은 하늘이
점 점 점 붉어지던 하늘이
달 하나 남기고 고요해질 때
장미꽃 하나 입 오므리고 웃는다

가지런하던 이가 하나 쑥 빠지자
온전하다 믿었던 내가 흔들렸다

마스크로 가려 봤다
누군가 뻥 뚫린 동굴을 볼까 봐 크게 웃다가
열린 문을 들여다볼까 입을 다물었다

웃음에 절대적으로 필요한 것이
입인가요?

입이 웃는 줄 알았는데
이가 웃은 것이었다

하나의 꽃잎 조각조각이 다 포개져
있을 때 장미는 환하다
—「웃음에 절대적으로 필요한 것을 아시나요?」 전문

　시 「웃음에 절대적으로 필요한 것을 아시나요?」는 질문하고 있다. 그 질문은 세상의 모든 사람일 수도 있지만 오히려 자신을 향하는 질문이다. 시인은 질문을 통해 새로운 사실을 찾아가는 것이다.
　"음표를 그려 넣은 하늘이 / 점 점 점 붉어지던 하늘이 / 달 하나 남기고 고요해질 때 / 장미꽃 하나 입 오므리고 웃는"것을 시인은 본 것이다. 시인의 의식에는 장미꽃은 활짝 피어 있는 것이 일반적이었는데 '입 오므리고' 있는 장미꽃은 새로운 것이다. 여기서 "달 하나 남기고 고요해질 때"는 '밤이 되면'이라는 시간적 배경을 말하고 있다. 저녁 무렵 꽃을 오므리는 장미를 본 것이다. 활짝 핀 장미만 보아오던 시인에게는 새로운 사실이다. '활짝 피어 있는 장미'나 '오므리고 있는 장미'나 다 같은 하나의 장미이지만 보는 쪽에서는 완전히 다른 장미로 보이는 것이다. 동일한 장미가 작은 변화로 다른 별개의 장미로 보이는 것이 새로운 사실인 것이다. 본질은 하나이지만 미세한 변화가 완전히 다른 별개의 것으로 보이게 하는 현상이 시인에게 정서적 충격을 준 것이다. 미세한 외적 변화가 본질의 변화까지 이어지는 것에 대한 정서적 충격이다. 인간도 그 장미와 다를 게 없을 것이기 때문이다.

 "가지런하던 이가 하나 쑥 빠지자 / 온전하다 믿었던 내가 흔들"리는 것이다. '이 하나'는 우리의 신체 구조로 보면 아주 미세한 것이다. 그런데 그런 '이 하나'로 '나' 전체가 흔들리는 것이다. 마치 장미가 활짝 피었을 때와 오므렸을 때의 차이처럼 완전히 다른 '나'가 된 것이다. 그래서 웃을 때도 '마스크로 가려 보기'도 하다가 끝내 '입을 다물게' 되는 것이다. 결국 장미꽃처럼 환한 자신의 '웃음'을 잃어버리는 것이다. 미세한 변화가 본질의 변화로 이어지는 것이다. 시인은 "입이 웃는 줄 알았는데 / 이가 웃은 것"이라는 사실을 알게 되는 것이다. '입'이 아닌 '이'의 웃음은 비본질이 본질로 전도되는 현상이다. 인간이 세상을 바라보는 것도 이와 같아 본질이 아니라 표면적 현상임을 말하는 것이다.

 반짝이는 강물을 등에 지고 하얀 나비 두 마리
 손마디 하나의 틈을 두고 소리 없이 날고 있다

 강물 위로 허공 높이로 앞서거니 뒤서거니
 치음의 틈을 유지하고 있다

 카메라 찾아 셔터 눌렀건만

나비 두 마리 화면 속에 없다

가시내야 불러주시던 아버지의 음성이
도미노 피자 맛있다던 아들의 재잘거림이
세찬 비 오던 날 되돌아가는 강물 소리가

재생할 수 없던 인생의 한때로
포착되지 않는 화면 속으로 사라저 기고
허무한 생의 포물선이 우리를 살게 하는
음률의 틈새로 남아 있다
—「강」 전문

「강」은 끊임없이 흐른다. 한번 흘러간 물은 되돌아오지 않는다. 되돌릴 수 없는 인생에 비유된다. 일찍이 황진이는 "인걸도 물과 같아 가고 아니 오노매라"며 고인이 된 서경덕 선생이 다시 돌아오지 않음을 강물에 비유하여 추모하지 않았는가.「강」은 내용상 첫째 연에서 셋째 연까지를 전반부라면 넷째 연에서 여섯째 연까지는 후반부라고 할 수 있다. 시인은 전반부에서 강의 풍경을 묘사하고 있다. 반짝이며 흐르는 강물과 수면 위를 날고 있는 두 마리 나비를 보고 그 나비를 카메라에 담는다고 셔터를 눌렀지만, 나비는 화면에서 사라졌다.

후반부는 과거 회상이다. 과거 회상으로 전환되는 것은 화면에서 한번 사라진 나비는 다시 포착할 수 없는 데 있다. 마치 한번 흘러간 강물이 되돌아올 수 없듯이 한순간 놓쳐 버린 "반짝이는 강물을 등에 지고 하얀 나비 두 마리 / 손마디 하나의 틈을 두고 소리 없이 날고 있"는 그 모습은 다시는 재생될 수 없는 것이다. 시인은 과거 회상을 통해 재생될 수 없는 그 시절을 후반부에서 노래한 것이다. "가시내야 불러주시던 아버지의 음성"과 "도미노 피자 맛있다던 아들의 재잘거림"을 회상하지만, 그 모두가 "새생할 수 없던 인생의 한때"일 뿐이다. 화면에 포착되지 않은 나비처럼 사라진 한때의 모습일 뿐인 것이다. 그렇지만 시인은 재생되지 않은 한때 앞에서 좌절하지 않고 그 한때는 "허무한 생의 포물선"을 그리면서 사라졌지만 '우리를 살게 하는 / 음률의 틈새로 남아' 추억으로 회상되는 것이다. 그래서 지난날 그 자체는 재생될 수 없지만 아름다운 한때의 추억은 삶의 동력임을 노래하고 있다.

3

옥명선 시인의 시적 관심은 다양하다. 사회적 문제에서부터 개인적 삶의 주변에 일어나는 일상의 문제까지 두루 관심을 보이고 있다. 이번 시집 해설에서는 가족에 대한 애정과 그리움의 시편을 중심으로 했다. 그의 다음 시집에서 펼쳐질 시세계에 독자들과 함께 기대한다. 옥명선 시인의 투철한 시정신은 많은 가능성을 가지고 있기에 더욱 그다음 시집이 기다려진다.

이만큼 행복한 날의 풍경

옥명선 지음

발행처   도서출판 **청어**
발행인   이영철
영업   이동호
홍보   천성래
기획   육재섭
편집   이설빈
디자인   이수빈 | 김영은
제작이사 공병한
인쇄   두리터

등록   1999년 5월 3일
          (제321-3210000251001999000063호)

1판 1쇄 발행 2024년 10월 30일

주소   서울특별시 서초구 남부순환로 364길 8-15 동일빌딩 2층
대표전화 02-586-0477
팩시밀리 0303-0942-0478
홈페이지 www.chungeobook.com
E-mail   ppi20@hanmail.net

ISBN   979-11-6855-290-6(03810)

본 발간물은 경북문화재단 2024년 지역문화예술활성화지원사업 보조금을 받아 발간되었습니다.